Tú, ellos y los Otros

Escrito e ilustrado por Ernesto Guerra Frontera

Tú, ellos y los Otros

© Ernesto Guerra Frontera, 2006

ISBN 0-9785270-9-7

1ra edición: junio 2006

Editorial Pasiteles
Belmont, MA EEUU
www.pasiteles.com
pasiteles@yahoo.com

Para Isabella y Natalia,
que llenaron mi mundo de alegría.

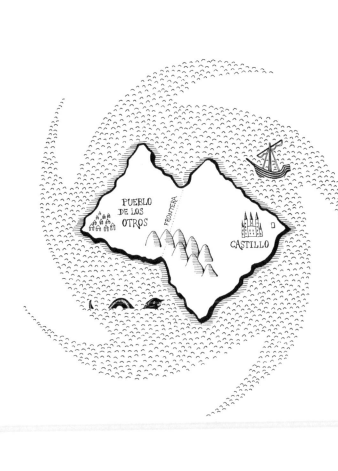

Tú, ellos y los Otros

I. Oculus   9

II. Manus   15

III. Bucca   19

IV. Auris   23

V. Nasus   27

VI. El interrogatorio   31

VII. La batalla   35

VIII. El regreso   39

IX. La letrina   43

X. El baño   47

XI. La sopa   51

XII. La mosca   55

XIII. EL DESIERTO 59

XIV. LA PIEDRA CIRCULAR 63

XV. LA ARBOLEDA 67

XVI. LOS DOS SACOS 71

XVII. LA DISCUSIÓN 75

XVIII. LA DESAPARICIÓN 79

XIX. EL CAOS 83

XX. EL MILAGRO 89

XXI. LA BÚSQUEDA 93

XXII. EL PASADO 97

XXIII. EL REENCUENTRO 101

XXIV. LA RECONSTRUCCIÓN 105

XXV. EL VIAJE 109

I. Oculus

Eran las seis de la mañana y la aurora hacía otra vez el milagro de darle forma a las cosas de la tierra con su luz. Pero tú seguías durmiendo, soñando con un mundo que no podías percibir porque en tu sueño se te habían perdido los ojos, las orejas, la nariz, las manos y la boca. Todo era silencio, vacío y oscuridad, como si el mundo no existiera o, peor aún, como si tú mismo hubieras dejado de existir. Pero existías, porque ahora podías sentir tu espalda descansando sobre las sábanas, tu cabeza apoyada en la almohada y unas cosquillas en la piel como si cientos de hormigas caminaran por todo tu cuerpo.

Abriste los ojos y viste que no eran hormigas, sino granitos de arena que entraban por la ventana del cuarto brillando con el sol y bailando con el viento, y que se iban acumulando sobre tu piel y sobre todo lo que había a tu alrededor. Te levantaste, sacudiste la arena de tu cuerpo y te diste cuenta de que tu cuarto se había transformado: ya no estaban los cuadros que te había pintado la abuela, ni los juguetes en el suelo, ni tus libros en el escritorio. Sólo había un mar de arena y una enorme espada que brillaba con los primeros rayos del sol.

Dentro del armario, en lugar de tu ropa, había armaduras, cascos, escudos, espadas y lanzas de acero que olían a arena, a mar y a viento. Era como si durante la noche un mago hubiera convertido todo lo que tenías en aquellas extrañas armas medievales. ¿Acaso todo esto era un sueño? Agarraste un puñado de arena y sentiste los granos escurriéndose entre los dedos. Tocaste las armas y percibiste su fría superficie y el sonido metálico que producían cuando las golpeabas suavemente. Definitivamente no estabas soñando.

Por la ventana comenzaron a entrar ráfagas de viento y de arena y, cuando fuiste a cerrarla, observaste que afuera, en el patio, ya no estaban los columpios, ni los árboles, ni las plantas, ni las flores. Sólo había kilómetros y kilómetros de arena que se multiplicaban hasta el horizonte de lo que parecía ser un desierto infinito.

Al cerrar la ventana, oíste unos pasos que subían por la escalera y una voz horrible que hablaba sobre una guerra. Te asomaste por la puerta y viste que por el pasillo se acercaba un hombre desconocido envuelto en un manto negro y con un largo cuchillo en la mano. Sentiste mucho miedo y te escondiste en el armario, detrás de las armaduras.

El hombre entró a tu cuarto, puso el cuchillo sobre el escritorio y se quitó el manto, regando más arena por el suelo. Luego se acercó a la ventana que habías cerrado y se quedó observándola por unos segundos. Ahora lo podías ver de espaldas: era alto y delgado, tenía unos pelos anchos que apuntaban al cielo y toda su ropa era tan negra que parecía absorber y destruir toda la luz que lo rodeaba. De momento el hombre se volteó y preguntó:

—¿Quién cerró la ventana?

Te quedaste totalmente inmóvil viendo al ser más extraño del mundo: en su cara ovalada brillaban unos ojos enormes que casi no entraban en ella y que emitían una luz suave y espesa que iluminaba todo lo que veían. Ahora sus ojos parecían buscar una explicación, alumbrando las paredes, el techo y el suelo.

—¡Manus! —gritó con su horrible voz, abriendo la ventana y dejando entrar otra vez la arena y el viento.

Este hombre que había invadido tu cuarto se llamaba Oculus. Sus ojos eran tan potentes que podían ver las antenas de una hormiga en la cima de una montaña, la escama de un pez flotando en alta mar y un ala de mariposa cayendo en la estratósfera. Ahora

estos ojos estaban mirando fuera de la ventana todos y cada uno de los granos de arena que se extendían por el desierto hasta el horizonte.

—¡Manus! —volvió a gritar.

Fuera del cuarto escuchaste una voz muy ronca que subía diciendo:

—Ya voy.

II. Manus

Al poco tiempo apareció junto a la puerta un hombre grande y robusto que también estaba vestido de negro pero que, en lugar de tener ojos grandes como los de Oculus, tenía unas manos gigantescas. En una de ellas traía un enorme pergamino enrollado.

Oculus se volteó hacia él y le preguntó:

—¿Por qué cerraste mi ventana?

—No he cerrado ninguna ventana.

Manus tenía las manos más grandes del mundo. Ellas habían diseñado y construido edificios y casas, puentes y caminos, barcos y carruajes; habían limpiado y mantenido todo tipo de espacios y objetos; habían inventado y creado pinturas, esculturas, murales y monumentos. Pero ahora se dedicaban exclusivamente a la construcción de armaduras, de espadas, de arpones, de tridentes, de catapultas, de misiles y de todo tipo de artefacto usado para la destrucción terrestre, marítima y aérea.

—¿Terminaste el mapa? —le preguntó Oculus.

—Sí —respondió Manus y, con sus larguísimos y anchísimos dedos, desenrolló y extendió el pergamino para mostrárselo. Oculus se acercó y con sus ojos iluminó lo que parecía ser el mapa de una isla con una línea que la dividía en dos partes: a un lado de la isla había un castillo y al otro lado unas chozas con una inscripción que decía: *Pueblo de los Otros*.

—Acabo de regresar de la frontera —dijo Oculus agarrando el cuchillo y señalando con él la línea que dividía la isla—. Los Otros han salido de su pueblo y están haciendo su campamento en medio de la isla para defenderse de nuestros ataques. Ésta es nuestra oportunidad de llegar al pueblo por la costa sur, destruirlo completamente y luego atacar el campamento por detrás, cuando los Otros estén desprevenidos. Mientras más temprano los ataquemos, mejor.

—Ya está todo listo —dijo Manus poniendo el mapa sobre el escritorio—. Sólo tenemos que ponernos las armaduras.

—Excelente, Manus. Ayúdame a vestirme.

Manus se dirigió al armario y cuando su enorme mano se acercó a tu cuerpo, aguantaste la respiración. Manus sacó del armario una armadura negra, un yelmo, un escudo y una lanza.

Oculus miró la armadura y dijo:

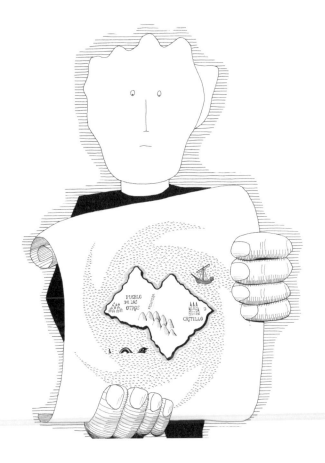

—Mejor ponme la armadura que me hiciste ayer: ésta será nuestra última batalla.

Manus regresó al armario y sacó una armadu-

ra de plata que tenía labrado en el pecho un enorme
ojo cuyo iris era un diamante incrustado que irradiaba
cataratas de luz. Oculus levantó la armadura en alto y
sonriendo la hizo resplandecer aún más con sus ojos.
Luego estiró los brazos y Manus se la ajustó alrededor
del torso, de los brazos y de las piernas.

—¿Ya se despertó Bucca? —preguntó Oculus
sentándose en la cama con dificultad.

—Está durmiendo —contestó Manus poniéndole unos pesados zapatos de acero.

—Despiértalo y dile que suba. Tenemos que
preparar las provisiones para la batalla.

—De acuerdo —dijo Manus saliendo del cuarto con sus pesadas manos colgando a cada lado de su
cuerpo.

Oculus, totalmente armado, se puso de pie y
caminó pensativo de un lugar a otro haciendo mucho
ruido con los zapatos de metal. Luego se inclinó para
examinar otra vez el mapa, se acercó a la ventana y se
quedó meditabundo mirando hacia el horizonte.

III. Bucca

Pensaste que ahora que Oculus estaba distraído mirando con sus tres ojos fuera de la ventana, podrías salir del armario y escapar al cuarto de tus padres sin que pudiera verte. Pero de repente sentiste unos pasos muy pesados que hicieron crujir los escalones y un vozarrón que cantaba:

Trucha, trucha, quiero mucha.
Tierra, tierra, mucho más.

A la puerta se asomó un hombre muy gordo con una boca monstruosa que parecía más de ballena que de hombre. Sus ojos estaban sedientos y su boca hambrienta aspiró en un segundo todo el aire del cuarto.

—¿Querías verme? —preguntó moviendo sus enormes labios.

—Hoy destruiremos el pueblo de los Otros y necesitamos llevar provisiones —le explicó Oculus—. ¿Qué tenemos en la cocina?

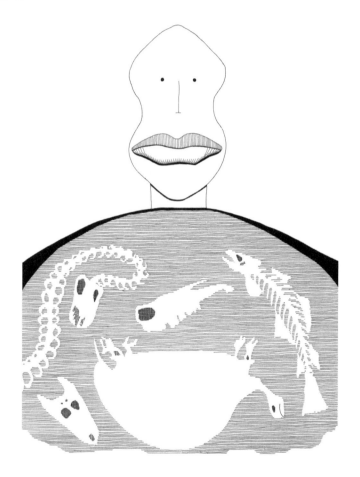

—Papas —contestó Bucca.
—¿Sólo papas? —preguntó Oculus abriendo

aún más los ojos.

—Sólo papas. Todo lo demás ha sido destruido o consumido durante la guerra.

—Entonces llevaremos papas —dijo Oculus—. ¿Y qué hay de desayuno?

—Puras papas —respondió Bucca mostrando su gigantesca lengua y su doble fila de dientes.

—¿Queda jugo? —preguntó Oculus.

—Podría exprimir una papa y hacer jugo de papa, o también podría exprimir este mapa y hacer jugo de mapa —dijo Bucca examinando el pergamino que había dejado Manus sobre el escritorio.

Bucca era el cocinero de la casa. Con la larga lengua que escondía dentro de su enorme boca, podía descifrar la receta exacta de cualquier plato y también podía distinguir el gusto del humo al lado del fogón, del gusto del humo al lado del lavadero, dos metros más allá. Tenía un estrepitoso vozarrón que los enloquecía a todos y un apetito insaciable que lo impulsaba a tragarse animales enteros, pero que hacía un tiempo sólo podía saciar con papas, el único alimento que quedaba en toda la isla.

Oculus se volteó hacia la ventana y se limitó a decirle:

—Prepara papas para dos días, ármate de tenedores y cuchillos, y de paso dile a Auris, sin alzar la voz, que suba inmediatamente.

Bucca salió del cuarto y, sin hacerle caso a Oculus, comenzó a gritar por el pasillo el nombre de Auris y luego a cantar:

Trucha, trucha, quiero mucha.
Lucha, lucha, cha cha cha.
Tierra, tierra, quiero verla.
Guerra, guerra, -rra -rra -rra.

Sus "-rras" eran tan fuertes que hicieron temblar toda la casa incluyendo las armaduras que te protegían dentro del armario, las cuales amenazaron con derrumbarse a tu alrededor.

IV. Auris

Auris entró al cuarto de un humor de perros, tapándose sus gigantescas orejas de elefante. Sus oídos eran tan sensibles que podían escuchar el triste suspiro de una mosca volando en la distancia, el hipo de un tiburón en un lejano arrecife y la arena deslizándose con la brisa al otro lado de la isla. Para el pobre Auris el mundo era un profundo y mugroso pozo de ecos con flecos detestables e interminables. Antes había sufrido las pesadas madrugadas con su caluroso alboroto de grillos, sapos, múcaros y otras alimañas nocturnas que llegaron a convertir su sueño en un verdadero y duradero infierno; y ahora, que no había alimañas, sufría todo el día con los estruendos de la guerra y con el vozarrón de Bucca, que le reventaba los tímpanos cada vez que abría su monstruosa cavidad bucal.

—Soy todo oídos —dijo Auris muy bajito destapándose sus gigantescas orejas.

—¿Escuchaste lo que le dije a Manus? —le preguntó Oculus bajando la voz hasta el punto de susurrar.

Auris movió la cabeza negativamente abanicando todo el cuarto con sus orejas y sacó de su saco negro unas pelotas de cera cubiertas de una sustancia anaranjada y viscosa.

—Tenía puestos los tapones para no escuchar a Bucca —le explicó a Oculus.

—Saldremos enseguida a atacar a los Otros.

—¿Irá Bucca también? —preguntó Auris preocupado.

—Bucca llevará las...

—¡Shhh! —Auris hizo callar a Oculus y se quedó atento por unos segundos—. Alguien respira en este cuarto.

—Seremos tú y yo —le dijo Oculus mirando a su alrededor.

—Shhh —susurró Auris—. Hay una tercera respiración.

Las orejas de Auris se abrieron aún más para escuchar detenidamente y tú, con mucho miedo, te tapaste la nariz y la boca para no respirar.

—No oigo nada —susurró Oculus.

—Ahora no se oye la respiración, pero se oye un

corazoncito palpitando —susurró Auris.

—Será un ratón —especuló Oculus.

—No, es un corazón un poco más grande. ¿Lo

oyes?

—No, pero será mejor que busques a Nasus inmediatamente —le ordenó Oculus alarmado.

Auris salió del cuarto a toda velocidad tapándose nuevamente las enormes orejas con los tapones de cera. Mientras tanto, Oculus, con sus ojos luminosos, comenzó a buscar entre las sábanas, debajo de la cama, debajo del mapa, debajo del escritorio y entre toda la arena, al dueño de aquel corazoncito que decía Auris que latía en el cuarto. Tú te quedaste aguantando la respiración, con terror de que descubriera tu escondite.

V. NASUS

Oculus se disponía a buscar en el armario cuando entraron armados Auris y Nasus. Éste tenía una cabeza triangular de la cual protuberaba una nariz gigantesca. Con sus anchas ventanas nasales, Nasus podía percibir el olor de una flecha planeando en la distancia, el hedor de una ostra en el fondo del mar y el aliento de un Otro al otro lado de la isla. Lo único que no podía oler hacía mucho tiempo era el perfume de las flores —las cuales habían desaparecido durante la guerra—, y Nasus vivía buscándolo en sus pensamientos, en sus delirios, en sus sueños.

—Huele mal —dijo Nasus con una voz gangosa, desenvainando la espada y olfateando el aire que flotaba a su alrededor.

—¿Huele mal? —le preguntó Oculus.

—Sí —contestó Nasus inhalando y exhalando, exhalando e inhalando, y moviendo su pesada nariz de arriba hacia abajo, de abajo hacia arriba.

—Auris dice que hay un corazoncito latiendo en este cuarto —le dijo Oculus.

—Todavía lo oigo. Pum pum, pum pum, pum pum —reiteró Auris.

Nasus aspiró una bocanada de aire por su inmensa nariz y sentenció con su voz gangosa:

—Huele a Otro.

—¿¡A Otro!? —se dijeron Oculus y Auris alarmados, desenvainando también las espadas.

—Sí, y el hedor viene del armario —dijo Nasus señalando tu escondite con la espada y la nariz.

Oculus miró hacia el armario con sus ojos desorbitados y gritó:

—¡Manus, Bucca, suban inmediatamente!

Por las escaleras subió un alboroto de armas y de voces, y Auris tuvo que taparse las enormes orejas otra vez. Manus y Bucca entraron totalmente armados y consternados:

—¿Qué pasa? —gritó Bucca abriendo su monstruosa boca.

—Hay un Otro en el armario —le explicó Nasus.

—¿Un Otro? —Bucca y Manus se miraron incrédulos.

Manus se acercó con su enorme espada en la mano derecha y con la mano izquierda comenzó a sacar las armaduras y los escudos hasta que sentiste en tus párpados cerrados la luz que emitían los ojos de Oculus. Cuando por fin abriste los tuyos viste a estos cinco seres que parecían de otro mundo mirándote boquiabiertos. Manus levantó la espada para golpearte, pero Oculus lo detuvo con su mirada:

—Es sólo una criatura —dijo.

—¡Es un espía! —gritó Bucca lleno de ira y de saliva, sacándote del armario—, y a los espías hay que ultimarlos aunque sean niños o niñas, especialmente si pertenecen a esa raza detestable.

—Primero debemos interrogar a la víctima —sugirió Auris.

—Auris tiene razón —dijo Oculus dirigiéndose a Manus—. Amárrale las manos y los pies; le haremos las preguntas en la sala.

VI. El interrogatorio

Manus sacó unas pesadas cadenas del armario y te amarró los brazos y las piernas a una silla de madera. Con una sola mano te levantó con todo y silla y te bajó por las escaleras hasta la sala, donde te colocó cerca de un inmenso reloj de arena.

—¿Entiendes nuestro idioma? —te preguntó Auris.

—Sí —contestaste con mucho miedo.

—¿Eres de los Otros? —te preguntó Oculus con una mirada agresiva y penetrante.

—No sé quiénes son los Otros —contestaste.

—Los Otros son los que no somos nosotros —te explicó Oculus con absoluta claridad.

—¿Y quiénes son ustedes? —preguntaste.

—¡Las preguntas las hacemos nosotros! —vociferó Bucca impaciente.

—¿Puedes bajar la voz? —le rogó Auris tapándose las orejas.

—¿Cómo entraste a nuestro castillo? —te preguntó Oculus.

—Ésta es mi casa y ustedes se llevaron todas mis cosas —les dijiste.

—Eso es lo que siempre dicen los Otros. Que nosotros hicimos esto, que nosotros hicimos aquello —dijo Auris aflautando la voz.

Manus dio un manotazo en la mesa y dijo muy molesto:

—Para empezar, esto no es una casa sino un castillo. En segundo lugar, este castillo lo construí yo con mis propias manos mucho antes de que tú nacieras, precisamente para defendernos de invasores como tú —y mientras decía esto te mostró sus gigantescas manos llenas de ampollas y cicatrices.

—Ésta es la casa de mi papá y de mi mamá —insististe con frustración.

—Hablará nuestro idioma, pero tiene el tono arrogante de los Otros —dijo Auris escuchando tus palabras.

—También tiene la mirada esquiva de los Otros —dijo Oculus mirándote a los ojos.

—Y el olor pestilente de los Otros —dijo Nasus olfateando tu nariz.

—Y la textura áspera de los Otros —dijo Manus tocando tus manos.

—Y el gusto desagradable de los Otros —dijo Bucca degustando con la lengua el aire que te rodeaba.

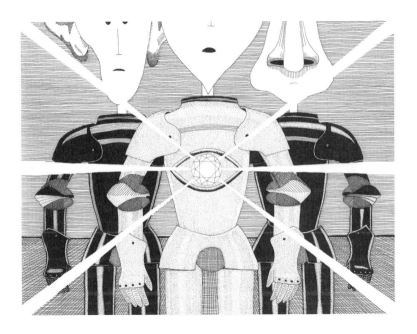

—Pertenece indiscutiblemente a la categoría de los Otros —concluyeron unánimemente los cinco mirándose satisfechos.

—Se los dije. Debemos hacer inmediatamente lo que siempre hemos hecho con ellos —insistió Bucca haciéndole un gesto con los labios a Manus para que buscara la espada.

—Ya es muy tarde para eso —dijo Oculus mirando el reloj de arena—. Dejaremos a la víctima encadenada a la silla hasta que regresemos de la batalla.

VII. La batalla

Manus te ajustó las cadenas y los cinco hombres que habían invadido misteriosamente tu casa se armaron de valor, se pusieron los yelmos, agarraron el mapa, las espadas, las lanzas, las catapultas, las provisiones de papas, y salieron muy decididos a la batalla.

Te quedaste completamente a solas, observando las extrañas paredes de la sala, donde, en lugar de los cuadros de siempre, había lanzas, arcos, flechas, arpones, ballestas y cabezas disecadas de mangostas, de ratas, de ratones, de ballenas, de manatíes, de tiburones, de barracudas, de pececitos de colores, de pelícanos, de gaviotas, de guaraguaos, de múcaros, de pitirres, de cotorras, de golondrinas, de periquitos, de tortugas, de iguanas, de serpientes, de lagartijos, de sapos, de coquíes, de grillos, de hormigas, de mosquitos y de mimes casi invisibles. Parecían viejos trofeos de otro clima y de otra época. A tu lado estaba aquel inmenso reloj que te había salvado la vida y que seguía exhalando su incesante hilo de arena. Las mesas, el sofá y los sillones eran los mismos de siempre pero estaban tapizados con telas oscuras y estaban cubiertos de arena, la cual seguía entrando con el viento por algunas ventanas.

¿Dónde estaban tus padres? Primero llamaste a tu mamá varias veces: mamá, mamá; y luego a tu papá: papá, papá, pero sólo escuchaste el eco de tu voz y el triste vacío del viento. Intentaste desatarte los pies y las manos pero las cadenas estaban demasiado ajustadas. Pudiste, sin embargo, moverte con todo y silla dando pequeños saltos hasta la puerta principal, pero ésta estaba cerrada con llave. Luego te acercaste a otra puerta que pudiste abrir empujándola con las rodillas. Adentro había una especie de almacén sin ventanas donde todo era un caos: el suelo estaba lleno de tornillos, tuercas, clavos, destornilladores, martillos, cables, cuerdas, pedazos de madera, de acero, de hierro y de bronce. Al fondo se escondía una cama deshecha con dos almohadas sucias y dos enormes guantes negros que habían sido blancos. Éste parecía ser el cuarto de Manus y en él había tal desorden que se te hizo imposible entrar con la silla para encontrar algo con qué romper las cadenas.

De repente escuchaste unos gritos de coraje y

terror que venían de la distancia. Te arrastraste con todo y silla hasta la ventana de la sala y viste el inmenso desierto que se extendía por muchos kilómetros. Fuera de tu casa ya no quedaba nada: ni las casas de los vecinos, ni las calles, ni los postes de luz, ni la vegetación que antes alegraba el vecindario. Todo era un infinito océano de arena y en el horizonte se veía una nube de humo negro que se propagaba por el cielo oscureciendo el día prematuramente. De vez en cuando volvías a escuchar algunos gritos de esfuerzo y de dolor. Eran probablemente los gritos de Bucca destruyendo el pueblo de los Otros. El cielo se siguió oscureciendo poco a poco hasta que ya casi no se podía ver ni oír absolutamente nada y el inmenso reloj de arena dejó de respirar.

VIII. El regreso

Tus ojos se cerraron con el peso del tiempo y cuando al día siguiente sentiste unas cosquillas de luz a través de los párpados pensaste que todo había sido una horrible pesadilla, que abrirías los ojos y estarías en tu cuarto como siempre, con tus cuadros, tus libros y tus juguetes, lejos de aquel mundo de arena y de guerra. Pero sentiste inmediatamente las cadenas que impedían que movieras las manos y viste a tu alrededor el piso cubierto de arena y las paredes atestadas de armas y de animales disecados. Por la ventana se veía otra vez el desierto, un poco de humo gris en el horizonte y unos hilos negros de ceniza que flotaban en el aire.

De repente se abrió la puerta principal y entraron haciendo un escándalo Oculus, Nasus, Bucca, Auris y el incansable Manus. Traían las caras manchadas de humo y de sudor. Oculus tenía los ojos apagados y marchitos, Nasus la nariz negra y congestionada, Auris las orejas moradas y heridas, Bucca los labios hinchados y resecos, Manus las manos azules y exhaustas, aferradas aún al botín de la batalla: postes de madera, bloques de piedra y tejidos sucios de algodón.

Manus abrió la puerta de su cuarto, aventó todas las cosas que llevaba sobre el desorden de sus pertenencias alborotadas por el suelo y se tiró en su cama deshecha para descansar las manos, una en cada almohada. Oculus se desplomó sobre el sofá y cerró sus enormes párpados. Nasus volteó el enorme reloj de arena que comenzó a marcar una nueva era y se acostó en el suelo, recostando su enorme nariz sobre un cojín que olía a polvo y a humedad. Auris, para no escuchar la nueva catarata de arena del reloj, se tapó los oídos con las últimas dos pelotas de cera de abeja que le quedaban y se echó sobre un sillón. Bucca se acostó sobre una alfombra y se quedó dormido, masticando con su doble fila de dientes las papas que habían sobrado. Ninguno se percató de que tú seguías allí, inmóvil en la silla, observándolos.

Después de unas horas de absoluto silencio, Oculus abrió sus gigantescos párpados y miró con sus luminosos ojos el reloj de arena:

—Manus, trae el mapa.

Manus se levantó, estiró los brazos, tronó cada

uno de sus dedos, salió de su cama, tropezó con todos sus cachivaches y salió con el mapa que desenrolló sobre el suelo.

—Ya puedes borrar la línea que divide la isla en dos —le dijo Oculus.

Manus sacó un borrador de su bolsillo y, con cuidado de no ensuciar el mapa con sus manos sucias, borró la línea de la frontera y el pueblo de los Otros. Todos se levantaron a mirar el nuevo mapa satisfechos.

—Finalmente la isla es completamente nuestra —vociferó Bucca.

—Ya no queda ni un solo Otro —dijo Oculus iluminando el mapa con sus ojos.

—Ni siquiera un eco en las dunas —dijo Auris quitándose las pelotas de cera de las orejas.

—Ni siquiera una huella en el desierto —dijo Manus sacudiendo la arena del mapa.

—Y sin embargo todavía puedo olerlos —dijo Nasus aspirando el aire de la sala y siguiendo la pista de tu olor hasta dar contigo.

Los demás se voltearon y te vieron allí en la esquina, junto a la ventana. Los cinco te miraron sorprendidos sin saber qué decir o qué hacer hasta que tú rompiste el silencio diciendo:

—Tengo ganas de ir al baño.

IX. La letrina

Oculus y Auris no podían creer lo que veían y oían respectivamente. Era inconcebible que aún quedara un representante de los Otros en la isla.

—¿Y ahora qué haremos? —preguntó Oculus.

—Es obvio que hay que hacer lo que les dije antes —vociferó Bucca.

—No —razonó Nasus con su voz gangosa—. Es obvio que hay que llevar a nuestra víctima a la letrina y evitar que multiplique su mal olor.

—Nasus tiene razón —dijo Oculus—. ¿Quién quiere servir de escolta?

—¡Yo no! —dijeron todos mirando a Nasus que fue el de la idea y Nasus, con su enorme nariz llena de angustia, de desesperación y de moquillos negros, dijo:

—Ustedes saben muy bien que por mi frágil

sensibilidad se me hace absolutamente imposible acercarme a esa mugrosa letrina que huele peor que el infierno.

Manus lo miró indignado y le dijo:

—La letrina la construí yo y no tiene nada de mugrosa ni de infernal.

Oculus, Auris, Bucca y Nasus se quedaron mirándolo por un rato.

—¿Qué me miran? —preguntó Manus, y con el silencio de todos se dio cuenta de que querían que él te llevara a la letrina—. Ah no, yo no —dijo.

—Tú eres el único que puede cargar al último espécimen de los Otros con todo y silla hasta la letrina —dijo Oculus mirando las enormes manos de Manus, y los demás estuvieron de acuerdo.

Manus, de muy mal humor, te levantó con todo y silla con una mano, desenvainó la espada con la otra, salió de la casa y comenzó a caminar lentamente como un camello por el desierto. Después de unos metros viste, ya cerca del mar, una pequeña estructura de madera.

Manus había construido la letrina con doble puerta, sin ventanas y a cierta distancia del castillo para que el pobre Nasus pudiera vivir sin sentir de manera muy dramática el olor que emanaba de ella. Al llegar, Manus puso la silla en la arena caliente, abrió la primera puerta, te soltó, te empujó, abrió la segunda puerta, te empujó y te sentó en aquel húmedo, oscuro y pestilente lugar que no tenía ventilación alguna por pedido expreso del sensible Nasus.

Cuando terminaste, Manus te levantó, te sacó, cerró la puerta, te empujó, cerró la otra puerta, te encadenó a la silla, te levantó y te llevó de regreso lentamente como un camello por el desierto. Cuando entraron a la casa, Bucca miró a Manus sorprendido.

—¿Por qué has regresado acompañado?

—Porque pensé que...

—Vuelve a salir con tu espada y haz lo que tienes que hacer —le gritó Bucca.

—En realidad ya es hora de bañarnos y almorzar —dijo Oculus mirando el reloj de arena. Luego le dijo a Manus que te dejara en la sala y que trajera la bañera.

X. El baño

Manus salió de la casa y Oculus, Nasus, Bucca y Auris comenzaron a quitarse las mugrosas armaduras. Al poco rato Manus entró cargando una gigantesca bañera de porcelana llena de agua cristalina que puso en el centro de la sala. Se quitó el peto, las hombreras y los brazales, y ayudó a los demás a terminar de desvestirse. Tan pronto entraron a la bañera, el agua se oscureció y se desbordó produciendo una ola de agua sucia que mojó tus pies encadenados.

Bucca sumergió la cabeza y empezó a hacer burbujas con los labios, Nasus se sonaba la nariz en el agua, Manus hacía remolinos con las manos, Auris aleteaba con las orejas y Oculus miraba horrorizado las microscópicas partículas de suciedad que se disolvían en el agua. Cada uno se concentró en lavar con esmero la parte más delicada de su cuerpo. El jabón saltaba de un lugar a otro, se perdía en el fondo oscuro de la bañera, aparecía en la otra mano de Manus, recorría dedos, párpados, ventanas nasales, lóbulos y comisuras distantes, y formaba en la superficie una densa espuma gris.

Bucca vio la seriedad y el esmero con que se bañaban y estiró sus largos labios formando una sonrisa:

—¿Es que no se dan cuenta? ¡La guerra ha terminado! ¡Ya no tendremos que usar las armaduras! ¡Los Otros se han ido para siempre!

Todos sonrieron y comenzaron a celebrar salpicando agua negra por toda la sala y por todo tu cuerpo.

—¡La isla es nuestra! —gritaron llenos de felicidad.

—Ahora podremos obtener, poseer y acariciar todas las cosas de la isla —dijo Manus estrangulando vigorosamente un ser invisible en el aire.

—Podremos verlas, mirarlas, observarlas, disecarlas —dijo Oculus iluminando codicioso un punto en el vacío.

—Podremos olerlas y olfatearlas —dijo Nasus con su voz gangosa olfateando el aire húmedo de la sala.

—Podremos oírlas, escucharlas, auscultarlas —dijo Auris y se quedó escuchando el reloj de arena que seguía su marcha.

—Podremos chuparlas, saborearlas, devorarlas —dijo Bucca sintiendo el gusto a jabón y a mugre en la boca.

A Oculus se le abrió el apetito y mientras salía de la bañera y se secaba los párpados, preguntó:

—Y ahora, de almuerzo, ¿qué vamos a comer?

—Papas —contestó Bucca secándose los labios.

—¿Sólo papas?

—Sólo papas —repitió Bucca—. Todo lo demás ha sido consumido o destruido durante la guerra.

Las sonrisas de todos ellos se ahogaron en el fondo de la decepción. Por la ventana entró una ráfaga de viento y de arena que penetró en la sala trayendo toda la soledad del desierto. Era evidente que aunque la isla ahora era de ellos, ya no quedaba absolutamente nada.

—Podría preparar una sopa de papa para variar —les propuso Bucca entrando en la cocina envuelto en una toalla oscura. Todos se miraron inapetentes y salieron cabizbajos de la bañera para terminar de secarse y de vestirse.

Manus sacó la bañera y la vació frente a la casa creando un delgado río de mugre que corrió lentamente entre las dunas hasta desembocar en el mar.

XI. LA SOPA

Te cargaron hasta el comedor donde había una mesa rectangular de madera y más animales disecados colgando de las paredes. Bucca entró al poco rato con un delantal blanco y con una bandeja donde balanceaba cinco platos humeantes. Todos se sentaron desganados a tomar su sopa menos tú que tuviste que quedarte mirándolos mientras te morías de hambre y de sed. Inmediatamente Oculus, con sus grandes ojos, vio algo inusual en la sopa de Manus y le dijo:

—Hay una pata de mosca en tu sopa.

Manus miró horrorizado su plato y efectivamente vio cómo entre dos rodajas de papa nadaba alegremente una pata de mosca.

—Esto me huele mal —añadió Nasus olfateando su sopa para ver si había pata, ala, o algún otro miembro de mosca.

Auris escupió sobre la mesa la cucharada que se había llevado a la boca y Manus le gritó a Bucca furibundo:

—¡Tanto trabajo y esfuerzo para que nos prepares una miserable sopa que parece más de pata que de papa!

—¡Esto es inconcebible! —dijo Oculus.

—¡Esto es inaceptable! —añadió Nasus.

—¡Eres una bestia! —gritó Manus alterado.

Auris tuvo que taparse las orejas para que no se le reventaran los tímpanos y Bucca, ofendido con el insulto de Manus, dijo que era imposible, que no podía

haber una pata de mosca en la sopa. Pero Manus con

mucho asco sumergió uno de sus enormes dedos en la sopa y pescó lo que era indiscutiblemente una pata entre las papas.

Todos dejaron de comer y la miraron asqueados.

—Ver para creer —dijo Oculus.

—Oler para creer —lo corrigió Nasus acercando la nariz.

—Oír para creer —rectificó Auris, sobándose las orejas.

—Tocar para creer —añadió Manus levantando en alto la pata de mosca en su enorme índice para que todos la vieran, la olieran, la oyeran y confirmaran la bestialidad de Bucca.

—¡Gustar para creer! —dijo Bucca con su vozarrón, logrando que su brutal aliento hiciera que la pata de mosca volara y desapareciera de la mano de Manus. Y lleno de satisfacción añadió retándolos a todos:

—Hasta que no la pruebe con mi propia lengua, no aceptaré que hubo una pata de mosca en la sopa.

Llenos de indignación, Oculus, Auris, Nasus y especialmente Manus se lanzaron a buscar la pata mirando, escuchando, olfateando y tanteando entre los platos, los cubiertos, los vasos, debajo de la mesa, de las sillas, de la alfombra, de ti, y entre los animales disecados y la arena acumulada a través de los años.

XII. La mosca

Tiene que estar por aquí —le decía Manus a Bucca desesperado dando manotazos contra el suelo— y cuando la encuentre te la voy a hacer tragar junto a tu orgullo.

Oculus, ya dándose por vencido, insistía en que si la pata estuviera en alguna parte, ya sus potentes ojos la habrían detectado. Auris lo oyó y le dijo molesto:

—No hay peor ciego que el que no quiere ver.

—No hay peor sordo que el que no quiere oír —dijo Nasus defendiendo a Oculus. Manus le agarró la nariz a Nasus para defender a Auris y Bucca le mordió las manos a Manus para liberar a Nasus.

Ya iban a sacar las armas para herirse unos a otros cuando Oculus vio algo revoloteando en el aire.

—Hay una mosca en el comedor —dijo.

Todos se paralizaron. Auris confirmó la infalible visión de Oculus: definitivamente escuchaba el zumbido de una mosca. Nasus confirmó la perfecta audición de Auris: definitivamente olía a mosca. Manus confirmó el exquisito olfato de Nasus: definitivamente acababa de rozar con su gordísimo dedo pulgar las alas de una mosca.

Oculus, con sus ojos luminosos, pudo contar las patas de la mosca en pleno vuelo:

—Esta mosca sólo tiene cinco patas —les dijo a todos.

—¡No tenemos la pata pero tenemos la mosca! —anunció victorioso Manus levantando sus enormes manos al cielo—. Esto confirma que había una pata de mosca en la sopa y que Bucca es una bestia.

Bucca aún no quería aceptar que había arruinado la sopa. Él jamás había servido un plato que tuviera un ingrediente no microscópico que no fuera cuidadosamente añadido por él. Pero era evidente que todos habían visto, olido, oído y sentido una mosca sin su pata y mucho antes, una pata sin su mosca. Bucca hizo una enorme mueca y les dijo a todos abriendo su monstruosa boca mientras te señalaba a ti con el dedo:

—¡Todo esto es por su culpa! Si no hubiera estado aquí no habría una mosca en nuestra casa ni una pata en nuestra sopa.

Oculus abrió sus enormes ojos para decir algo

cuando de momento comenzó a restregarse con angustia y ferocidad uno de ellos.

—Tengo algo en el ojo —dijo con una voz adolorida.

Manus con su enorme pulgar levantó el párpado derecho de Oculus y del ojo enrojecido sacó con mucho cuidado la pata de mosca que habían estado buscando.

—Debemos eliminar inmediatamente a los dos intrusos —dijo por fin Oculus mirándote con ojos irritados y señalando la mosca que se había posado sobre la mesa.

Manus de un manotazo aplastó el último espécimen de mosca que quedaba en la isla. Luego sacó su espada y comenzó a acercarse a ti, el último espécimen de Otro que quedaba en la isla.

—Mejor hazlo afuera —sugirió Oculus cerrando sus párpados—; mis ojos ya han visto demasiada violencia.

Manus te levantó con todo y silla, y te sacó fuera de la casa donde el sol brillaba intensamente y el viento seguía levantando la arena que cubría toda la isla.

XIII. El desierto

Manus comenzó a caminar lentamente como un camello por el desierto en dirección opuesta a la letrina. En una de sus manos sostenía la espada desnuda y en la otra llevaba la silla donde te balanceaba al ritmo de sus pasos. De vez en cuando una ráfaga de viento y de arena te golpeaba la cara y te obligaba a cerrar los ojos. Tu boca estaba seca y te dolía todo el cuerpo porque hacía dos días que no comías ni bebías nada.

—Tengo sed —le dijiste a Manus con la lengua pegada al paladar, pero él continuó su pesada marcha sin pronunciar una sílaba y sin ofrecerte una gota de agua.

El sol se fue inclinando en el cielo hasta quedar directamente delante de ambos. Lo único que había a tu alrededor eran espejismos de agua que se desvanecían en las dunas tan pronto se acercaban, y una larga sombra que se extendía como una serpiente a tu espalda. Luego aparecieron esparcidos por la arena algunos objetos que se multiplicaban conforme Manus avanzaba por el desierto: pedazos de madera, de piedra labrada, de tejidos, y luego, vasijas de barro, utensilios de cocina, hamacas rotas y finalmente cientos de chozas destruidas. Algunas lumbres seguían consumiendo lentamente sus esqueletos de madera y todo se encontraba envuelto en una humareda gris: habían llegado al pueblo de los Otros.

Manus se detuvo en medio de las ruinas y colocó la silla sobre una pila de cenizas. Levantó la espada en alto de manera amenazante y se quedó paralizado unos segundos mirándote a los ojos.

—No puedo —murmuró bajando el arma y hundiendo la punta entre las cenizas.

Se quedó con la mirada perdida en el sol que se apagaba en el horizonte y después de meditar un rato levantó la espada con ambas manos, rompió tus cadenas de un golpe y sentenció:

—El desierto terminará de hacer lo que mis manos no pudieron empezar.

Manus envainó la espada y emprendió el largo recorrido de regreso al castillo, dejándote sin comida en aquel pueblo abandonado. La luz rosada del atardecer todavía iluminaba sus manos, que se achicaron paulatinamente hasta desparecer en la distancia.

Deambulaste sin rumbo y sin esperanza entre las ruinas humeantes hasta que te topaste con un pequeño pozo de donde pudiste sacar agua y saciar la enorme sed que tenías. El frío y la oscuridad invadieron repentinamente el pueblo y te obligaron a entrar en una choza semidestruida para pasar la noche. No tenía techo, pero sus paredes de madera habían sobrevivido el incendio y podrían protegerte del viento. En el interior de la choza había un enorme círculo de piedra cubierto de arena y de cenizas. Te abrigaste con unas mantas sucias que hallaste en el suelo y te acostaste sobre aquella piedra circular mirando las estrellas hasta que el sueño y el cansancio cerraron tus ojos.

XIV. La piedra circular

Amaneciste temblando de frío y volviste a abrigarte con las mantas para seguir durmiendo. Pero el hambre que te carcomía los huesos te obligó a levantarte y buscar entre la ruinas algo para comer. El pueblo de los Otros todavía estaba envuelto en una humareda gris. No había ninguna señal de vida vegetal, animal o humana, y el silencio se sentía mucho más grande que la inmensidad del cielo y del mar.

Te subiste a la estructura más alta y, a través del humo, más allá de las ruinas, divisaste una playa y, entre el pueblo y la playa, una arboleda que se había convertido en un cementerio de árboles. Caminaste hasta llegar a la triste sombra de sus ramas secas y deshojadas, y te sentaste a comer un poco de pasto amarillento.

Desde allí se sentía el rumor de las olas rompiendo en la playa y corriste al mar para ver si hallabas más comida. En el mar había unos peces negros que nadaban cerca de la orilla y algas oscuras que se revolcaban en las olas. Trataste de atrapar un pez pero cada vez que lo rodeabas con tus manos se escabullía despavorido. Levantaste una de las algas oscuras y la aproximaste a tu boca para probarla. Era salada, dura y difícil de masticar pero tuviste que comértela.

Cerca de la playa había un muelle y en el muelle, unos galpones donde encontraste una pequeña canoa, remos, sogas, redes, vasijas de barro y lanzas de todos los tamaños. Agarraste dos vasijas, tres cuerdas, una lanza, una red y regresaste a la playa. Con la red pudiste pescar dos peces negros que dieron brincos desesperados al salir del agua. Cuando se tranquilizaron te miraron jadeantes con ojos tristes. Decidiste devolverlos al mar y seguir comiendo aquellas algas oscuras.

Volviste al pueblo donde rescataste una hamaca casi buena que colgaste entre dos vigas en tu choza. Con unos trapos limpiaste la piedra circular que estaba en el centro de la choza y notaste que debajo de la arena y la ceniza había una imagen pintada de una arboleda con muchos árboles llenos de frutas y una playa repleta de canoas y de hombres felices. Te asomaste afuera y te diste cuenta de que la arboleda pintada en la piedra era la misma que ahora tenía el pasto seco y los árboles deshojados, que ese muelle era el mismo donde acababas de estar y que aquellos hombres felices eran probablemente aquellos Otros que ya no vivían en la isla.

Tocaste la hermosa imagen en la piedra y sentiste en tu mano una fuerza extraña que se esparció por todo tu cuerpo dándote la energía que habías perdido en los últimos días. Volviste a ver en la piedra aquellos árboles llenos de hojas y de frutos y luego, afuera, la arboleda seca y deshojada, y decidiste sacar agua del pozo, llenar las vasijas de barro, transportarlas hasta la arboleda y vaciarlas sobre aquella tierra árida para ver si los árboles y las plantas podían revivir. En la tarde comiste más algas y encontraste una pequeña lumbre que seguía consumiendo lentamente un pedazo de madera. Con ella encendiste una antorcha y mantuviste un pequeño fuego en la choza para calentarte y para seguir contemplando aquella imagen pintada de un mundo que había dejado de existir.

XV. La arboleda

Así pasaste muchos días y muchas noches, comiendo algas, limpiando el pueblo y cargando las pesadas vasijas de agua para regar los árboles. Querías que el pueblo de los Otros volviera a ser el que había sido antes y este deseo te impulsaba a levantarte muy temprano y a trabajar todo el día. En unas semanas los árboles comenzaron a retoñar. Poco a poco se fueron llenando de hojas y mucho después de frutos originarios de todas partes del mundo. Luego aparecieron unos periquitos de colores que hicieron nidos en las ramas y abejas que construyeron panales en los troncos. Aquel triste silencio que había inundado el pueblo se llenó de zumbidos, de chillidos y de alegría. La arena comenzó a brillar, los peces se vistieron de colores, y el pueblo, aunque todavía en ruinas, parecía un oasis en medio del desierto.

Pero una madrugada te despertó un extraño rumor que venía de la arboleda. Era una mezcla de silencio y de violencia, como si algo inexistente estuviera luchando para no morir. Un horrible presentimiento te hizo salir de la choza y al llegar a la arboleda viste que los árboles estaban marchitos y que no había pájaros, ni abejas, ni hojas, ni flores, ni frutos. Sólo quedaba una nube de moscas que revoloteaban sobre cientos de residuos de frutas que se iban descomponiendo sobre el pasto. Era como si un huracán hubiera arrasado con todo, dejando sólo frutas reventadas y podridas en el suelo. Corriste agitando los brazos para espantar las moscas y descubriste en la distancia, entre la podredumbre y los árboles deshojados, a un hombre recostado de espaldas sobre la hierba. Te acercaste lentamente y el hombre, al escuchar tus pasos, se volteó aturdido y viste que era Bucca con su enorme panza de metal, con una naranja en una mano, con un cuchillo en la otra, y con su monstruosa boca empapada de jugo de fruta. Estaba deshecho, como si hubiera estado muchos días sin comer y sin dormir. Si no hubiera sido por el tamaño de la boca y de la panza de acero, jamás lo hubieras reconocido.

—¿Tú? —dijo Bucca sorprendido escupiendo algunas semillas—. No puede ser; Manus dijo que te había eliminado.

Sin decir más, Bucca se levantó con dificultad,

recogió las últimas dos naranjas buenas que quedaban y, llamando a Manus, comenzó a trotar hacia el desierto con su pesada armadura. Cuando levantaste la vista divisaste a Manus alejándose en la distancia con dos gigantescos sacos repletos de cosas. Sospechaste que todo lo que había estado en las ramas de los árboles y de las plantas —las hojas, las flores y las frutas— ahora

estaba en la insaciable barriga de Bucca y en aquellos dos sacos inmensos que arrastraba Manus. Después de todo tu trabajo y esfuerzo, lo único que te dejaron fue unos árboles esqueléticos y un enjambre de moscas y de frutas descompuestas.

XVI. Los dos sacos

Te quedaste unos segundos observando cómo Manus y Bucca se alejaban con todo el fruto de tu trabajo y sentiste una gigantesca indignación que te impulsó a seguirlos para recuperar por lo menos algo de lo que se habían llevado.

Bucca trotó dando algunos saltos hasta alcanzar a Manus, que se mantenía caminando con paso lento pero firme, sus enormes manos aferradas a los dos sacos que con su peso abrían dos anchos surcos en la arena.

—Dame otra naranja —le rogaba Bucca a Manus pero éste seguía arrastrando los sacos sin hacerle caso.

Ambos entraron a tu casa, que según ellos era un castillo, y tú te acercaste con mucho cuidado para espiarlos por una de las ventanas. La casa estaba muy deteriorada: las paredes sucias y llenas de grietas, las ventanas rotas y las puertas desencajadas. La sala parecía un campo de batalla, con el suelo atiborrado de pedazos de muebles, armas abolladas y cabezas de animales disecados.

Cuando Bucca y Manus ingresaron a la sala, Oculus, Nasus y Auris bajaron con sus armaduras. Se les veía hambrientos y miserables. Hacía días o semanas o meses que se habían acabado las papas y se dedicaban a quejarse, a discutir y a tirarse lo que pudieran encontrar.

—¿Qué traen ahí? —preguntaron llenos de curiosidad, tratando de acercarse a los sacos.

Manus los detuvo y contuvo con sus enormes manos y Bucca sonrió:

—Es una sorpresa. Siéntense.

Los tres se sentaron ansiosos en el sofá, Oculus con sus ojos luminosos tratando de ver a través de la tela de los sacos, Auris adivinando el origen de ciertos rumores que provenían de su interior y Nasus olfateando y tratando de discernir todos los olores que habían invadido la casa.

Manus desató el saco más grande y con mucha pompa sacó una naranja. Bucca trató de devorarla en el acto pero Manus se la arrebató de los labios y se la dio a Oculus, quien se quedó hipnotizado, iluminando la fruta con sus ojos y examinando su perfecta forma circular, la suave textura de la cáscara y su color anaranjado que refulgía como un sol.

—¿De dónde sacaste esto? —preguntó Oculus sorprendido mientras Manus les daba naranjas a los demás.

—De la arboleda —le contestó Manus.

—Pero si hace siglos que esos árboles están muertos —dijo Oculus—. Yo los he visto con mis propios ojos.

—Ahora estaban verdes, llenos de hojas y de frutas —dijo Bucca sacando del otro saco miles de hojas verdes y brillosas que llovieron por la sala y que fueron cubriendo el suelo y los tapices oscuros y descosidos de los muebles. Oculus agarró una de las hojas y no podía creer lo que veían sus ojos.

—Y eso no es todo —dijo Bucca con un alarido de entusiasmo y Manus comenzó a sacar de los sacos cientos de flores de todos los colores, panales de miel, frutas de muchos tamaños y finalmente jaulas con cientos de periquitos que comenzaron a alborotar la sala.

—Mañana podremos comer pericos —añadió Bucca humedeciéndose los labios.

Era evidente que estos cinco hombres no sólo habían invadido tu casa y habían dejado en ruinas el pueblo de los Otros, sino que también eran responsables de la destrucción de toda la isla. Si no quedaba ni una sola planta, ni un solo animal y ni una sola persona en aquel desierto, era debido a la voracidad de esos hombres que lo único que hacían era devorarlo y destruirlo todo.

XVII. La discusión

O
culus se quedó embelesado comiéndoselo todo con los ojos. Hacía muchos años que no veía colores tan intensos, formas tan hermosas. Nasus estaba transportado con el olor de las flores y no sabía cuál le agradaba más. Auris estaba hipnotizado con los chillidos de los pericos que, aparte de alegrarle los oídos, podían ahogar la horrible voz de Bucca. Manus estaba jugando con la miel, sintiendo su agradable viscosidad en la yema de los dedos y Bucca ya se lo estaba saboreando todo, soñando con nuevas posibilidades culinarias:

—Comeremos perico con salsa de flores, perico relleno de fruta, perico a la miel de abeja, flores en salsa de perico, ensalada de flores aderezadas con miel, suflé de perico, patitas de perico, alitas de perico, pechugas de perico, corazones de pericos...

—No —le dijo Auris escuchando los pericos—,

los pericos no. Comamos las flores.

—No —dijo Nasus oliendo las flores—, las flores no. Comamos la fruta.

—No —dijo Oculus mirando las frutas—, las frutas no. Comamos la miel.

—No —dijo Manus tocando la miel—, la miel no. Comamos los pericos.

—Sí —dijo Bucca feliz degustándolo todo en su imaginación—, estoy de acuerdo con cada uno de ustedes: comamos los pericos y la miel y la fruta y las flores —y se lanzó a devorarlo todo.

Auris se tiró al suelo para defender las jaulas, Nasus para proteger los ramos, Oculus para esconder las frutas, Manus para salvar los panales. Comenzaron a arrebatarse las cosas, a insultarse y a golpearse las armaduras con todo lo que encontraban sobre el suelo creando un alboroto de metales, de arena, de cáscaras, de hojas, de pétalos y de plumas. Así estuvieron todo el día hasta que los sorprendió la noche y Bucca rugió haciendo retumbar las paredes:

—¡Basta!

Todos se quedaron paralizados menos los pobres pericos que siguieron chillando despavoridos.

—Yo encontré todo esto —razonó Bucca— y por lo tanto yo decidiré lo que hay que hacer.

—Tú lo encontraste —le aclaró Manus— pero

yo con estas manos fui el que arranqué las hojas, el que cortó las flores, el que tumbó las frutas, el que espantó las abejas, el que sacó los panales, el que capturó los pericos, el que metió todo en los sacos y el que lo trajo todo hasta acá cruzando el desierto, y por lo tanto, yo diré lo que hay que hacer.

—Si no hubiera sido por mí —le respondió Bucca lamiendo uno de los panales— jamás habrías arrancado, tumbado, espantado, sacado, capturado, metido ni traído nada. Mete las cosas en los sacos.

Manus agarró a Bucca por el cuello con una de sus manoplas y lo lanzó sobre el sofá, que quedó hecho pedazos bajo su peso. Con la otra mano desenvainó la espada y les dijo blandiéndola en el aire:

—¡Estoy harto de hacer todo lo que me piden que haga en este maldito castillo! Ahora harán lo que yo diga o sufrirán las consecuencias. Váyanse a dormir. Mañana les diré lo que haremos con las cosas.

Todos se quedaron aterrados porque jamás habían visto a Manus tan serio y tan molesto. Sin decir una palabra todos se metieron temblando en sus respectivos cuartos y se acostaron sin quitarse las armaduras. Manus, después de recogerlo todo, metió en su aposento las jaulas repletas de pericos y los sacos colmados de flores, de frutas y de panales, cerró la puerta y se metió en la cama.

XVIII. La desaparición

Todas las luces de la casa se apagaron y todo quedó flotando bajo la suave luz de la luna. Un viento frío levantó la arena y sentiste más hambre que nunca. Te aproximaste a la puerta y entraste con temor de que Auris te oyera, de que Nasus te oliera, de que Oculus te viera, de que Manus te capturara y de que Bucca te devorara. La sala estaba oscura y los pericos seguían chillando en el cuarto de Manus.

Cuando tus ojos se acostumbraron a la penumbra de la sala, viste que quedaban algunos pétalos, hojas, cáscaras y plumas regadas por el suelo. Toda la sala seguía oliendo a flores y el reloj de arena marcaba el final del día con el vacío de su cámara superior. Te acercaste sigilosamente al cuarto de Manus, abriste la puerta y sentiste con más intensidad el alboroto de los pericos.

El cuerpo de Manus respiraba dormido en la

oscuridad y sus pesadas manos descansaban una en cada almohada. Había dejado los sacos muy cerca de la puerta, pero el primero pesaba tanto que tuviste que empujarlo con todo tu cuerpo y arrastrarlo por la sala hasta la puerta principal. Lo pusiste afuera, sobre la arena, y entraste para buscar el segundo saco cuando, de repente, se abrió otra puerta y se asomaron los labios de Bucca. Te escondiste detrás del sofá y contemplaste cómo Bucca cruzaba la sala en puntillas y se acercaba al cuarto de Manus. Si hubiera sido Nasus probablemente habría detectado tu olor y habría dado la voz de alarma. Pero Bucca se limitó a abrir la puerta de Manus y a sacar en cámara lenta todas las frutas que podía cargar en sus gordos y cortos brazos. Luego, con el mismo sigilo con que atravesó la sala, se metió en su habitación y cerró la puerta.

Con terror de que Bucca regresara por más comida, volviste al cuarto de Manus, agarraste el segundo saco y lo pusiste fuera de la casa junto al otro. En ese momento te avasalló la duda de qué hacer con ellos. No ibas a poder cruzar todo el desierto y llevarlos al pueblo de los Otros, y aunque llegaras al pueblo, Nasus no tardaría en usar su gigantesca nariz para encontrarlos, sin importar dónde estuvieran. Pero después de meditarlo un poco te acordaste que en la isla había un lugar adonde Nasus nunca iba y donde nunca podría detectar el olor de las frutas y de las flores.

Con mucho esfuerzo arrastraste un saco por la arena y luego el otro hasta llegar a la olorosa letrina de doble puerta construida por Manus e iluminada humildemente por la luna. Arrojaste todas las frutas, los panales, las flores y los dos sacos vacíos sobre el techo de la letrina y apoyando el pie sobre el picaporte de la primera puerta y sobre una pequeña ranura más arriba, te subiste a comer algunas naranjas y a descansar.

Cuando se iluminó el cielo con la primera luz del día te acordaste de los pobres pericos que se habían quedado enjaulados en el cuarto de Manus. Bajaste de la letrina y te acercaste a la casa. Abriste la puerta, cruzaste la sala, entraste al cuarto de Manus, que seguía durmiendo, y sacaste todas las jaulas de la casa. Una vez afuera las abriste y todos los periquitos salieron volando, cruzaron el desierto y desaparecieron en la distancia con la luz del amanecer. Al regresar a la letrina notaste con mucha satisfacción cómo el viento había borrado el rastro de pétalos, de hojas y de pisadas que habías dejado en la arena. Subiste al techo y cerraste los ojos justo cuando se asomaba un sol gigantesco en el horizonte.

XIX. El caos

Cuando abriste los ojos, el sol se había convertido en un punto minúsculo que brillaba directamente sobre tu cuerpo. Sentiste una puerta que se abría y se cerraba, y luego otra. Alguien había entrado en la letrina y te quedaste completamente inmóvil en caso de que fuera Auris y detectara tu presencia. Al poco rato se abrieron las puertas y salió Oculus caminando cabizbajo hacia el castillo con su armadura de plata abollada.

Te comiste una naranja y te atreviste a bajar para ver qué había pasado en la casa durante la mañana. Te acercaste sigilosamente y, por la misma ventana del día anterior, los viste a todos sentados cabizbajos en la sala. Oculus acababa de decir algo que terminaba en "nada", y Nasus comenzaba a hablar con su voz gangosa:

—Yo tampoco encontré nada. Recorrí toda la isla y no olí ni rastro de hojas, ni de flores, ni de panales, ni de frutas, ni de pericos, ni de sacos. Fui a la arboleda y lo único que pude oler fue un poco de pasto seco y de frutas podridas.

—Nos vamos a morir de hambre —concluyó Auris tapándose los oídos para no escuchar su propia sentencia.

—Yo sé quién se robó los sacos —anunció de pronto Bucca y todos se voltearon a mirarlo.

—¡Fuiste tú! —dijo Manus levantándose de mal humor y señalándolo con su enorme índice—; si no, cómo se explican las semillas y las cáscaras que aparecieron en tu cuarto.

—No fui yo —explicó Bucca tragando un lago de saliva—. Fue aquel ser insignificante que sorprendimos aquella vez espiándonos en nuestro propio castillo.

—¿Aquél ser que encontramos escondido en el armario? —preguntó Oculus incrédulo.

—Sí —dijo Bucca.

—¿Aquél ser que amarramos a la silla, que interrogamos y que finalmente condenamos a morir junto a la mosca? —preguntó Nasus.

—Sí —dijo Bucca.

—¡Eso es imposible! —exclamaron todos menos Manus que se quedó mirando la suciedad de sus uñas.

—Ayer se me apareció en la arboleda mientras recogíamos las frutas —explicó Bucca.

—Habrá sido una alucinación. El hambre muchas veces hace que veamos fantasmas —dijo Oculus abriendo sus enormes ojos.

—Primero pensé que era otro Otro, pero luego me di cuenta de que era nuestra víctima. Estaba allí, respirando y mirándome con más vida que nunca —aclaró Bucca.

—Eso significa que Manus… —comenzó a decir Oculus contemplando una posibilidad que prefería no contemplar.

—Exactamente —lo interrumpió Bucca—, Manus no hizo lo que dijo que había hecho, sino todo lo contrario: no dijo lo que hizo que no debió hacer.

—No comprendo —dijo Auris limpiándose las orejas.

—Que Manus —aclaró Bucca desenredando su larga lengua— en lugar de matar a la víctima, la dejó en libertad.

—¿Es verdad lo que dice Bucca? —le preguntó Oculus a Manus quemándolo con las pupilas mientras éste trataba de esconder su vergüenza detrás de las manos.

Después de titubear un rato, Manus se destapó la cara, puso las manos sobre las rodillas y confesó:

—Sí, es verdad. No pude hacerle daño a esa criatura a pesar de pertenecer a esa raza detestable. Pensé que sin nuestras papas no sobreviviría en el desierto.

—¡Eres una bestia! —gritó Bucca.

—¡Eres un cretino! —susurró Auris.

—¡Eres un idiota! —declaró Nasus.

—¡Eres un imbécil! —sentenció Oculus.

—¡No tenemos comida por tu culpa! —gritaron todos a coro y siguieron insultándolo y culpándolo de todos sus pesares hasta que Manus no pudo soportarlo más. Se levantó, desenvainó su espada y con ella depositó todo el peso de su ira y de sus manos sobre todo lo que había en la casa, empezando por el reloj de arena que reventó en pedazos de vidrio y granitos de arena que saltaron por el suelo. Luego hizo añicos los muebles del comedor y de todos los cuartos incluyendo seguramente tu cama, tu escritorio y tu viejo armario. Cuando se disponía a romper la ventana a través de la cual estabas mirando aquel caos, saliste corriendo para esconderte otra vez en el techo de la letrina. Desde allí presenciaste cómo Manus destruía todas las paredes, cómo la casa se venía abajo y cómo Oculus, Nasus, Bucca y Auris escapaban despavoridos para salvarse de la hecatombe. Cuando Manus terminó de destruirlo todo, tu casa se había convertido en una montaña de escombros.

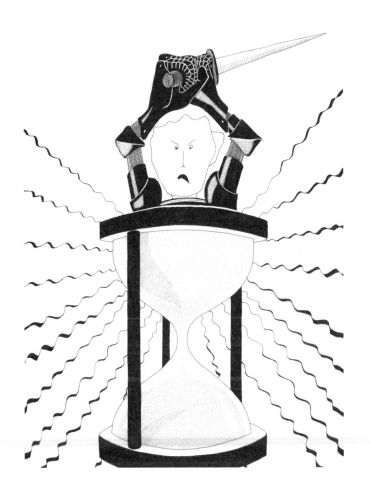

XX. El milagro

Oculus, Nasus, Auris y Bucca huyeron hacia la letrina, la única estructura que quedaba intacta en toda la isla. Nasus fue el único que decidió quedarse a cierta distancia respirando chorros de aire por su gigantesca nariz. Todos estaban llorando mientras contemplaban el castillo totalmente en ruinas bajo una nube de humo y de polvo. Las enormes lágrimas de Oculus y los caudalosos mocos de Nasus caían sobre la arena empapándola de dolor. Los cuatro derrumbaron sus cuerpos deshechos sobre la arena humedecida y Auris se tapó las orejas para no escuchar el doloroso silencio que los rodeaba. Por primera vez no tenían absolutamente nada: ni comida, ni casa, ni deseos de vivir. Lo único que les quedaba era una pestilente letrina, un hambre insoportable y una tristeza infinita.

Al verlos en tan lamentable estado, comenzó a

florecer en tu interior un sentimiento que no habías sentido antes por estos hombres, por estos entes que hacía un momento te habían parecido los seres más viles de la tierra. Sentías por primera vez una mezcla de pena y compasión que te impulsaba a hacer algo por ellos. Agarraste algunas frutas y desde el techo las lanzaste hacia arriba en distintas direcciones. Auris escuchó unos golpes sordos en la arena, Nasus volteó su nariz desde la distancia, Oculus vio las frutas que habían caído como piedras alrededor de ellos y Bucca abrió la boca sorprendido:

—¡Están cayendo del cielo!

—¡No puede ser! —exclamó Oculus mirando entre las lágrimas el cielo azul, inmaculado e infinito.

—¡Es un milagro! —dijo Bucca arrastrándose débilmente para alcanzar las frutas.

—Dame una —le pidió Oculus acercándose de rodillas con las pocas fuerzas que le quedaban.

—Yo las agarré primero —le dijo Bucca.

—Pero yo las vi primero —dijo Oculus tratando inútilmente de arrebatárselas de la boca.

—Hay frutas para todos si las comparten —les dijiste desde lo alto.

Todos miraron hacia el cielo sorprendidos, pensando que era un ángel invisible que había venido a salvarlos. Bucca conmovido le dio una fruta a cada uno.

Y mientras comían, del cielo cayeron docenas de frutas más, y cientos de hojas y de flores. El mismo Nasus se animó a arrastrarse hasta la letrina para presenciar mejor aquel milagro y, entre aquel olor infernal y aquel olor divino, pudo detectar un viejo olor humano:

—Huele a Otro.

En ese momento te asomaste desde el techo, extendiste tu brazo y le ofreciste a Nasus un panal de miel.

—Es el Otro —dijo Nasus sorprendido, acercando su nariz y estirando su mano temblorosa para alcanzar el panal y probar la miel más dulce que jamás había olido.

Todos te miraron sin saber qué hacer. Apenas tenían fuerzas para levantarse. Le ofreciste un panal a Oculus, otro a Bucca, otro a Auris y cada uno se acercó en cuatro patas a recibirlo y a mirarte confundido por tu generosidad.

—Y éste es para Manus —le susurraste a Auris muy cerca de su oreja izquierda ofreciéndole otro panal.

—Manus se ha vuelto loco —dijo Auris sollozando.

—Ha destruido todo lo que teníamos —añadió Bucca con una expresión de dolor.

—Allí está el castillo hecho pedazos —te indicó

Oculus mirando con ojos llorosos la montaña humeante de vigas, ladrillos, muebles y artefactos destrozados.

—Las mismas manos que estuvieron meses construyéndolo lo destruyeron en sólo unos minutos —dijo Nasus sonándose su enorme nariz en un pañuelo amarillento.

—Habría que buscarlo para que los ayude a reconstruirlo —les dijiste bajando de la letrina.

—Nos matará si nos acercamos —dijeron todos con una mezcla de terror y de dolor.

—Entonces lo buscaré yo —les dijiste caminando hacia las ruinas con frutas y panales, y todos se quedaron paralizados por el cansancio y por el miedo.

XXI. La búsqueda

Después de caminar unos diez metros, escuchaste la voz de Oculus que decía que lo esperaras. Cuando te alcanzó te dijo jadeante:

—Yo te ayudaré a buscarlo.

Sus ojos ya no brillaban y en ellos pudiste ver el reflejo de tu cuerpo. Se te hizo difícil reconocer tu cara tostada por el sol, tu pelo revuelto, tus ojos cansados, tu nariz arenosa, tus labios resecos, tus orejas ocultas. Oculus se te quedó mirando con curiosidad pero no dijo absolutamente nada. Ambos caminaron hasta la casa, que ahora estaba en peor estado que el pueblo de los Otros. Con una rápida y triste mirada sobre las ruinas y a su alrededor, Oculus pudo afirmar:

—No veo ni rastro de Manus. Probablemente esté atrapado debajo de los escombros.

Tú corriste a levantar bloques, vigas, ladrillos y pedazos de madera para tratar de salvarlo. Oculus te vio y comenzó a hacer lo mismo cuando en eso llegaron Auris y Bucca dispuestos a ayudar.

Auris acercó sus enormes orejas a la montaña de escombros y al no escuchar la respiración de Manus comenzó a llorar otra vez pensando que estaba muerto.

Nasus llegó con su infalible nariz, caminó entre los escombros olfateando cada esquina y les dijo a todos aliviado que Manus definitivamente no estaba sepultado bajo el techo y las paredes, que si estuviera allí, lo habría olido.

—Deberíamos buscarlo por toda la isla —les dijiste, y todos estuvieron de acuerdo.

Mientras caminaban sobre la arena caliente, Auris iba detectando todos los rumores, Nasus olfateando todos los olores, Oculus rastreando todos los espacios y Bucca haciendo resonar el nombre de Manus por todo el desierto. Oculus se volteó varias veces para observarte intrigado, hasta que por fin te hizo una pregunta que te había hecho hacía mucho tiempo pero esta vez con una mirada tan curiosa como dulce:

—¿Eres de los Otros?

—No sé quiénes son los Otros —contestaste.

—Los Otros son los que no somos nosotros —te explicó Oculus.

—¿Y quiénes son ustedes? —volviste a preguntarle.

Esta vez los cuatro se quedaron mudos mirándote y mirándose. Oculus siguió caminando a tu lado en el desierto sin saber qué decir y con su rostro en blanco, como si aparte de buscar a Manus estuviera buscando por primera vez una respuesta a tu pregunta.

XXII. El pasado

El sol seguía descendiendo en el cielo frente a ustedes y un aire más fresco que venía del este comenzó a soplar refrescando sus espaldas. Bucca seguía gritando el nombre de Manus; Auris y Nasus lo buscaban con las orejas y la nariz, y tú tratabas de divisar sus enormes manos. Pero ahora Oculus caminaba más despacio, con la vista perdida en el horizonte.

—No sé quiénes somos nosotros —te confesó bajando la vista y mirando cómo sus pies cruzaban la línea imaginaria que una vez había dividido la isla en dos. Nasus, Bucca y Auris se voltearon a mirarlo. Parecía que ellos tampoco sabían quiénes eran.

—¿Desde cuándo viven en esta tierra? —les preguntaste.

Oculus hizo un esfuerzo con sus ojos tratando de mirar más allá del desierto que lo rodeaba para tratar de evocar un espacio y un tiempo que se le habían borrado de las pupilas.

—No lo sé —dijo—; creo que desde hace mucho tiempo.

Después de andar un rato se asomaron en la distancia las ruinas del pueblo abandonado por los Otros. Buscaron a Manus entre los escombros sin decir una sola palabra hasta que entraron en la choza donde habías pasado las noches que estuviste en el pueblo. En el centro estaba la enorme piedra circular que tenía pintada la arboleda florecida, la bahía llena de canoas y aquellos hombres felices. Oculus, Bucca, Auris y Nasus se quedaron mirando la imagen como hipnotizados. A Oculus se le encendieron las pupilas y poco a poco le vinieron a sus ojos imágenes borrosas del pasado. Mientras continuaban la búsqueda de Manus por el pueblo y por la arboleda, Oculus parpadeó y tomó la palabra:

—Creo que llegamos a esta isla en un barco hace mucho tiempo. Había una playa llena de palmeras y de pájaros como los que están pintados en la piedra.

—Los pájaros chillaban en el cielo y cantaban en los árboles —dijo Auris recordando unos ecos lejanos.

—Olía a frutas, a mar, a aves marinas, a una nueva vida —dijo Nasus.

—El agua de coco y el jugo de las frutas nos

quitó el sabor a sal y sequedad que llevábamos en la boca —dijo Bucca.

—Inmediatamente decidimos que éste sería nuestro nuevo hogar —añadió Oculus.

—¿Y los Otros? —preguntaste.

—No hablaban nuestra lengua —dijo Auris—. Con gestos nos ofrecieron agua, comida y techo.

—Pero no era suficiente —dijo Bucca.

—Manus construyó unos arcos y unas flechas y empezó a cazar todos los animales y a sacar todas las frutas y las flores y las hojas de todos los árboles. Las frutas eran así, como éstas, con mucho color, con mucho jugo —dijo Oculus mostrando una de las naranjas que llevaba—. Y cuando nos comimos todas las frutas entramos en el pueblo y en las casas de los Otros buscando más alimento. Ellos se asustaron y no quisieron darnos nada más.

—Y Manus les quitó todo lo que tenían —dijo Bucca.

—Y ellos, en lugar de irse a otra isla, comenzaron a defenderse —dijo Nasus—. Así comenzó la guerra.

Al llegar a la playa, Oculus cerró sus enormes ojos para mirar en su interior y se le salió una lágrima. Con una voz quebrada y llena de dolor dijo:

—Lo único que hemos hecho es destruir todo

lo que nos rodea.

Los cuatro se miraron los unos a los otros como si se reconocieran por primera vez y sintieron un vacío adentro que les revolvió las entrañas. Luego miraron a su alrededor: todo olía, sabía y sonaba a arena corriendo con el viento entre las ruinas del pueblo y las ramas secas de los árboles. Manus, el único que podría reconstruir lo que habían destruido, no aparecía por ninguna parte.

XXIII. El reencuentro

Oculus ahora podía ver con claridad quién había sido en el pasado y quién era en el presente, y ese horrible reflejo comenzó a ensombrecer sus dilatadas pupilas. Al levantar la vista, sin embargo, pudo distinguir entre las lágrimas un bulto sobre la superficie del mar.

—¡Allá está! —gritó.

Una mano enorme se hundía en medio del océano y tú, con la ayuda de Oculus, Auris, Bucca y Nasus, corriste a sacar la canoa y los remos que habías encontrado en el galpón. Remaron mar a dentro y, justo cuando el dedo índice desaparecía bajo el agua, Bucca pudo agarrar a Manus y entre todos pudieron sacarlo y acostarlo a bordo. Regresaron a la isla con sus gigantescas manos sumergidas a ambos lados de la canoa y desembarcaron en la playa donde tendieron su pesado cuerpo sobre la arena.

Manus estaba inconsciente pero todavía respiraba. Todos trataron de reanimarlo: Oculus secándole la frente, Auris abanicándole el rostro, Nasus sosteniendo sus manos y Bucca poniéndole en los labios un poco de jugo de naranja. Manus finalmente abrió sus pequeños ojos y al verte preguntó sorprendido:

—¿Qué haces aquí?

Oculus se acercó y le dijo que tú le habías salvado la vida. Manus se tapó la cara con sus manoplas y dijo entre sollozos:

—Y para qué si lo único que quiero es morir… lo he destruido todo… ya no tenemos absolutamente nada.

—Podremos reconstruir el castillo —dijo Bucca tratando de animarlo.

—Mis manos sólo saben destruir —dijo Manus con lágrimas en los ojos, golpeándose la cabeza.

—Nosotros te ayudaremos —le dijo Oculus tratando de contener sus brazos para que no siguiera lastimándose.

Tú le ofreciste a Manus el panal que habías reservado para él y éste lo exprimió sintiendo la dulce viscosidad de la miel entre sus dedos. Al probarla se reanimó un poco y se secó las lágrimas. Trató de levantarse pero su cuerpo estaba aún muy débil, y sus manos, más pesadas que nunca. Oculus, con toda su fuerza, levantó una de ellas, Nasus la otra, y entre todos lo cargaron hasta la choza. Allí le quitaron la armadura que seguía repleta de agua y lo tendieron en la hamaca con sus brazos caídos y sus exhaustas manos descansando sobre el suelo.

Cuando Manus recuperó las fuerzas, Oculus le mostró la piedra circular. Manus se acercó, levantó la inmensa imagen frente a sus ojos y lloró ante la belleza de aquel mundo perdido. Luego puso la piedra sobre el suelo y pasó sus dedos sobre la superficie como si quisiera con su tacto resucitar un universo que había dejado de existir. En ese momento sintió en las yemas de los dedos unas curiosas líneas invisibles que unían a los Otros con todo lo que los rodeaba en la imagen. Manus tomó tu mano para que tocaras la superficie y tú también sentiste unas líneas que salían de los dedos y los corazones de aquellos hombres para conectarse con las ramas de los árboles y las alas de los pájaros. Oculus se acercó iluminando la imagen con sus ojos y vio que las líneas eran unas venas azules casi microscópicas que unían a todos los seres representados en un todo indivisible. Auris acercó sus oídos y escuchó un pulso extraño que parecía el latido de un corazón que palpitaba en el interior de la piedra. Nasus y Bucca percibieron el olor y el gusto de algo muy lejano que sentían que debían alcanzar para ser felices. Y, de repente, todos vieron cómo unos delgados rayos azules de luz salían de la piedra iluminándolos a todos, como si los Otros los invitaran a formar parte de aquel hermoso mundo posible. Los ojos de Oculus se abrieron llenos de emoción y Manus sintió en el sudor de sus manos una fuerza que lo impulsaba a una nueva esperanza:

—Tenemos que reconstruir este mundo perdido —les dijo a todos.

—¿Pero cómo? Hemos convertido toda la isla en un desierto —dijo Auris.

—Debemos buscar a los Otros para que vuelvan a su tierra y nos ayuden a transformarla en lo que había sido antes —dijo Oculus.

—Sí —dijo Manus más decidido que nunca—, construiremos un inmenso barco, los buscaremos por todo el mundo y los convenceremos de regresar.

Luego te miró a los ojos con una sonrisa, te levantó en alto con sus enormes manos y añadió:

—Y tú, si quieres, vendrás con nosotros a buscarlos.

Bucca comenzó a cantar una nueva canción, Nasus a bailar con su pesada nariz balanceándose de un lado a otro, Auris a sonreír de oreja a oreja y Oculus, con sus ojos colmados de imágenes futuras, sintió caer por su mejilla la primera lágrima de felicidad.

XXIV. La reconstrucción

Esa noche durmieron todos juntos en la choza bañados por la luz azul que emitía la piedra. Cuando abriste los ojos a la mañana siguiente, ya Manus había salido para reconstruir el pueblo de los Otros y para regar la arboleda con gigantescos barriles de agua.

Ese día Oculus, Nasus, Bucca y Auris se dedicaron a limpiar las calles mientras tú y Manus levantaban columnas, armaban paredes y techaban las chozas. Al caer el sol Manus te pidió que lo ayudaras a reconstruir el castillo porque tú te acordabas exactamente cómo eran los cuartos, las paredes, las ventanas, las puertas y los muebles de tu casa. Después de unas semanas de arduo trabajo, el pueblo de los Otros brillaba en medio del desierto y el castillo se levantaba más orgulloso que nunca al otro lado de la isla.

Ahora faltaba la parte más difícil: convertir toda

la arena del desierto en plantas, árboles y animales, y los únicos que podrían hacerlo eran aquellos Otros que habían vivido en esta tierra hacía mucho tiempo y a quienes tendrían que buscar por tierras y mares en el enorme barco que Manus estaba empezando a construir.

Cuando se mudaron al nuevo castillo Oculus te regaló el cuarto que según él, había sido de él, y que según tú, había sido tuyo. Todas las mañanas te despertabas cuando sentías la arena caer sobre tu cuerpo y cuando Oculus subía para mirar contigo desde la ventana el enorme barco que Manus construía en la playa día y noche. Todos soñaban con el viaje que iban a realizar a través del espacio y del tiempo en busca de aquellos hombres desconocidos que tenían otra forma de entender el misterio de la vida.

Cuando terminó de construir el barco, Manus te cargó con sus enormes manos y te subió a bordo por primera vez para mostrártelo por dentro. El barco era enorme y tenía cientos de cuartos hermosos para los Otros y un camarote con ventanas submarinas para Oculus, paredes parabólicas para Auris, pequeñas fosas para Nasus, papilas para Bucca, y acceso directo al palo mayor para que tú subieras a la cofa y desde allí pudieras percibir la inmensidad del mundo. En la parte inferior del barco, como lastre, Manus había colocado la piedra circular que ahora brillaba como una estrella, y en la popa, había grabado su nombre para nunca olvidar lo hermoso que era construir para los demás.

Te quedaste gran parte de la noche sobre cubierta mirando el cielo y pensando en el largo viaje que ibas a hacer por el océano en busca de los Otros con Oculus, Nasus, Bucca, Auris y el incansable Manus hasta que te quedaste dormido en la proa del barco bajo la luz de la luna y las estrellas.

XXV. El viaje

Eran las seis de la mañana y la aurora hacía otra vez el milagro de darle forma a las cosas de la tierra con su luz. Pero tú, seguías durmiendo, soñando con un mundo poblado de seres hermosos que jamás habías visto. Todo era luz, abundancia y placer, como si todo se hubiera multiplicado o como si tus sentidos se hubieran expandido y ahora detectaran sustancias inconcebibles.

Abriste los ojos y en lugar de la espada de Oculus brillando en un mar de arena, encontraste tus juguetes, tus libros y los cuadros que te había pintado la abuela. Dentro del armario, en lugar de las armaduras, cascos, escudos, espadas y lanzas de acero que olían a arena, a mar y a viento, estaba tu ropa, tal como la habías dejado hacía mucho tiempo. Afuera había desaparecido el desierto y habían regresado los columpios, los árboles, las plantas, las flores y las casas de los vecinos.

¿Habrá sido todo un sueño? Cuando abriste la ventana oíste unos pasos que subían por la escalera y la voz de tu madre que anunciaba el desayuno. Sacaste toda la ropa y los zapatos del armario tratando de encontrar por lo menos un objeto que le perteneciera a Oculus, pero ya no quedaba absolutamente nada de aquel extraño mundo. En medio de tu decepción comenzaste a reacomodar tus cosas, cuando viste en un pequeño rincón del armario, grabado como en la popa del barco, el nombre de Manus. Revisaste todo los muebles de la casa y confirmaste que debajo de todos ellos estaba

su nombre inscrito hacía mucho tiempo, y supiste que

no había sido un sueño, que definitivamente tú habías estado con Oculus, Nasus, Bucca, Auris y el incansable Manus, y que de alguna forma misteriosa tú los acompañaste cuando partieron en barco por alta mar, cuando encontraron a los Otros y cuando todos juntos convirtieron nuevamente la isla en un paraíso.

FIN

Ernesto Guerra Frontera nació en San Juan, Puerto Rico, en 1968. Estudió literatura comparada en la Universidad de Brown y obtuvo su maestría y doctorado en lenguas y literaturas románicas en la Universidad de Harvard. Éste es su primer libro para niños.

Para obtener ejemplares de *Tú ellos y los Otros*, vaya a **www.pasiteles.com** o escriba a **pasiteles@yahoo.com**.